KB083037

신화마을

한 영 채

시와소금 시인선 · 046

신화마을

한 영 채

시와 소금

▌시인의 말

살아가는 일이 사물과 사랑하는 일이고

시는 사랑으로 만물을 이어주는 말의 씨앗,

신화처럼 찾아온 제 2시집, 신화마을

가볍게 혹은 무겁게 끝과 시작은 하나

시로 인해 지극히 사랑에 눈뜬다.

21016년 여름이 지나갈 무렵
한영채

| 차례 |

| 시인의 말 |

제1부 모서리의 말

담채화 ——— 013
모서리의 말 ——— 014
송현이 ——— 016
고흐를 생각하다 ——— 018
나의 아그리파 ——— 019
거미 ——— 020
태화강 소묘 ——— 022
조문 일기 ——— 023
목련꽃 피었다 ——— 024
대추꽃 ——— 026
골목의 문장 ——— 028
앙코르왓 광장에서 ——— 030
고로쇠 ——— 032
팥싹 길들이기 ——— 034
보타니아 ——— 036
중독 ——— 038
봉정 가는 길 ——— 040
송곳 ——— 041

제2부 새들의 사생활

쥐똥나무 ——— 045

바다 유세 ——— 046

고요 풍경 ——— 048

새들의 사생활 ——— 050

신화마을 ——— 052

양지마을 ——— 054

금천琴川 ——— 056

그, 때 ——— 057

슬도에서 ——— 058

태화강변 ——— 059

석화昔畵 ——— 060

금척리 고분古墳 ——— 062

법흥사 산수유 ——— 063

암각화 ——— 064

김 도도 ——— 065

제3부 갈대는 속울음을 낸다

황금 계란 ——— 069
중복 ——— 070
인력시장 ——— 072
푸른 잎을 엿보다 ——— 074
풀무의 고집 ——— 076
석류나무 집 ——— 077
청도 ——— 078
명찰 ——— 080
빈집 · 3 ——— 081
드므가 사는 집 ——— 082
갈대는 속울음을 낸다 ——— 084
계절도 꿈을 꾼다 ——— 086
푸른 성城 ——— 088
사과 값 ——— 089
그녀의 문장 ——— 090

제4부 가을 가고 여름이 오고

아버지의 봄꽃 —— 093
장자의 신발 —— 095
끈 · 1 —— 097
끈 · 2 —— 099
끈 · 3 —— 101
거풍擧風 —— 102
시인 —— 104
바람의 내력來歷 —— 105
너렁국 끓이는 저녁 —— 106
빈집 · 4 —— 107
빈집 · 5 —— 109
가을 가고 여름이 오고 —— 110
와촌 가는 길 —— 111
와촌 가는 길 · 2 —— 114
몸살 —— 116

| 작품해설 |
은유의 시간, 혹은 치유 | 전기철 —— 117

제 1 부

모서리의 말

담채화

거실 구석 대바구니에 담긴
퇴직 날 받은 안개꽃
지나 온 시간이 안개처럼 모인, 그
일생이 통째로 담겨 있다
멈춘 시간으로 거실을 차지한 후
물기 사라진지 오래,
고개 숙인 쪽잠이
가물거리며 왔다 간다
꽃잎에 내려앉은 먼지처럼
왔다가 사라지는 사람들
햇살 내린 곳마다 입술이 마르고
꽃잎 사이 잔주름이 가득
바스락 앉았다가
지구별에서 꽃 피운 삼십 년
숨찬 시간들이 일어나는
햇살 팽팽한 오후

모서리의 말

각角을 연다
장롱 정리를 하던 그녀,
모서릴 지키는 옹이 틈을 들여다
본다 무얼 꺼낼까, 꺼낼까
망설이는 사이 눈이 흐려 각이 흔들리다
서랍 귀퉁이에 깊이 넣어 둔
딱정벌레 같은 속살 조각뼈가 보인다
찢기고 구겨진 신문 모서리에
낯익은 이름 남편 홍 대리,
낡은 폐선 위 가스폭발, 푸른
달팽이관을 울리고 울고,
둥글지 못한 나의 각이 소리를 낸다
그와 보낸 아우라지 한 때 기억할 새도 없이
터 잡은 난소암, 턱이 뾰족한 아들
처진 어깨에 부글거리다 침전된 효소들
눅눅한 이끼가 상자 안을 채우고 있다
각을 열자 그와 나를 가둔

까만 상자들이 와르르 쏟아진다
마로니에 그늘이 푸르게
각을 만드는 오후

송현이

비가 내렸다, 그날
어둠 깊이 잠든 시간의 언어는
풀어지는 고요를 채울 수 없다
시계 바늘을 거꾸로 돌렸다
고개 들어 기억 할 수 없는 미로迷路
빛이 들지 않은 시간
족장은 물처럼 사라지고
화석 속 젊은 미소는 사라지지 않고
내 안엔 빛보다 깊은 그림자
그를 사랑한 나는 순장이었을까
새끼줄로 묶인 나였을까
납작한 돌이 수형번호를 달고 돌 덧널 된
가시개미가 진흙 속에 빠진 듯
켜켜이 쌓은 성城 안에 빈자리만 남았다
홍가시 이파리가 붉어질 무렵
쏘아 올린 빛의 한 켠
그가 달아준 귀고리 구석을 지키다 깨어났다

빗소리가 들리고, 겹으로 된 긴 항아리
볍씨와 콩, 밤과 복숭아씨가 궤적으로
엇돌다 굳어버린 씨앗
뚜껑달린 바리 속 그들이 여기,
사랑의 증표는 무엇, 무엇일까
구름과 햇볕과 우레의 문양들이 지나고
참꽃 나눠 먹던 나이테
출렁거리는 유리벽 물속에서
족적을 찾는,

* 송현 : 창녕 송현동에서 발굴된 소녀 미라.

고흐를 생각하다

공항 갤러리 해바라기 앞에서 사진을 찍다 고흐를 생각한다 가끔 비행기 소리가 난다 바람을 몰고 온 비행기는 하늘 배경이다 빠르게 물감의 두께만큼 그림을 그린다 나의 둥근 얼굴이 해바라기 같다 화병에 꽂힌 고흐의 가족들 나를 닮은 해바라기들이다 갤러리 안에서 서성이거나 창밖을 보며 나를 지키는 작은 해바라기들, 우도를 가는 내내 나의 화병에 꽂혀 있다 지나간 시간이 눈가 주름을 만들고 내가 품은 은유의 시안은 그려지지 않는다 혹은 우울로 도사리고 있는 해바라기인지도 몰라 체온은 사라지고 채색으로 나이를 멈추고 지나온 계절의 주름은 붓끝에 숨어 있다 생각들은 어디로 숨었을까 눈동자는 속도의 두께보다 빠르게 점을 찍는다 솜털이 멈춘 해바라기 껍질은 숨을 쉬지 않는다 거실 액자 속 스카프를 한 저 여인은 멈춘 시간을 산다

나의 아그리파

가면을 쓰고 갤러리 간다 미소는 눈동자로 시작 된다 빛을 숨긴 정수리에 생각을 세밀하게 그려 넣는다 나의 행성에 십자가를 긋고 팔 벌려 기둥을 세운다 중심에 굵게 선을 이어 안과 밖이 만나게 한다 좌우, 위아래 선들이 길을 만든다 곱슬머리를 올려 보니 검은 그림자가 있다 눈동자에 선과 선이 이룬 지느러미, 구피를 닮은 눈썹이 꼬리를 흔들며 지나는 듯한, 빛이 닿은 곳 콧볼이다 내려다보니 암흑천지, 동굴을 만든다 비밀이 필요해, 내가 기댈 비밀의 통로를 숨긴다 부드러운 쇄골은 원하지 않아 진주를 달아야 쇄골이 아름다워 그의 귓볼에서 물소리가 난다 물소리는 가슴으로 흘러 그의 눈빛에 관통 된다 시작과 끝은 한통속, 그를 닮은 행성이 완성 된다 오, 나의 아그리파

거미

병실 너머 현대아파트 107동
거미 한 마리 대롱대롱 매달려 있다
엉덩이 쑥 내밀며
비단실을 뽑듯
낡은 글자를 지우며
붓 놀린다 리듬을 탄다
계단을 오르는 길 힘들었지만
오른손 연신 허밍허밍 붓 놀린다
삼십 년 터전 지우고 다시 박음질 하는
낡은 벽, 상처를 꿰매 듯
비단실로 어두운 내력 지우고 쓰고 있다
그가 걸어 온 길이
허공을 빌려
주인 없는 폐가 담 쌓는 일이지만
허기진 배 안고 허리띠 졸라맬 때마다
붓 들어 길을 만들고
새로운 길이 되고

무릎 굽혀 발을 툭툭 치자
이마에 맺힌 구슬땀이 길 위에 떨어진다
지나 온 길 축축하지만 저녁바람이
헹굴 것이다 일몰 오기 전
바람 모서리에 선 거미
아파트 벽을 치유하고 있다

태화강 소묘

소나기 지나자 강변 풀섶이 구불텅하다 튀어 오르던 물고기 활현처럼 휘었다 숨는다 둥지를 떠난 왜가리 저 어린 것 대나무 뿌리를 쪼을 때 일가를 이룬 코스모스 손을 흔든다 모래톱엔 발목을 담그는 갈대 우듬지 백로가 묵묵히 내려다보는 물 아래, 강 건너 십 리 대밭이 물속에 누워 있다 수양버들 머리를 풀어 강물에 붓칠 한다 감자밭을 매는 할머니 호미질이 바빠진다 바람이 슬몃 토란잎을 흔들고 간다 개망초, 강아지풀, 달맞이가 지키는 돌무덤, 호박꽃이 노란 생각을 물 위에 옮겨 놓는다 토란잎이 흔들릴 때마다 그늘이 일어난다 강물로 옮겨가는 그늘 마당에 새겨 놓았다고 백로가 물 위로 점묘를 한다 강변을 걷는 나도 풍경이 된다

조문 일기

거문고 울자 황룡사 석탑 따라 운다 박대성 화백의 갤러리, 현향玄香과 만월, 불국사 설국이 화산으로 분출한다 고요히 가벼운 육신 봉우리 낙수는 어찌 금강석 뚫었을까? 참나무 숯, 순간 숲이었다가 조리개 열어 순한 빛 할아버지를 만나는 새벽길 연다 원경으로 가파른 콧등바위 능선을 넘는 흰 두루마기 입은 아버지, 수년 째 조문을 읽으신다 목젖을 넘은 울음이 골짜기를 타고 바람에 어스름 새벽 현을 켠다 등줄기에서 일만 이천 봉 낙수물 소리 우레처럼 들린다 박 화백의 수묵 청솔가지들 수직으로 쏟아져 청음이 된다 흑백낙관엔 번개 뿌리가 터지고, 내 안 고요의 알갱이들이 수런거린다

목련꽃 피었다

그녀의 보조개는 적목련이다
낮달 눈썹처럼 웃음 끼 가득한 실눈 아래
깊이 파인 볼우물
그해 사월이 깊어질 무렵
어머니가 지어준 땡땡이 원피스 입은 갑수는
동네 부자 강철문 앞에서
깡총깡총 뛰다가
늑대 같은 누렁이가 껑충
화들짝 적목련 피우듯 달려들어
왼쪽 얼굴이 피범벅 됐다
그로부터 굵은 대바늘로 바느질한
붉은 목련 보조개가 생겼다
목련꽃 사이엔 아직도 누렁이의 이빨이 으르렁 거리고
주저앉아 파르르 떨던 아홉 살
웅크린 보조개가 울고 있다
스쳐간 이빨자국 선명히 피어날 때
자작나무처럼 웃자란 새롯길

보조개가 웃는다

오십을 지나 물오른 상처처럼

목련꽃이 피었다

대추꽃

대추나무가 자진했다
달디 단 열매를 수 년 낳은 후 붉은 물들었다
너의 한낮 같은 정열 대추처럼 붉었다
봄부터 푸른 새싹이 돋은 후
먼 듯 가까운 듯
도착한 안부는 가지가 휘도록 꽃을 피웠다
땅을 파 낡은 숟가락으로
거름을 듬뿍 주었다 심장으로 내린
뿌리가 튼튼하리라 믿었다
햇볕과 비와 바람이 다녀 간 후 붉은 열매는
그해 다산을 했다 온통
도로를 달리거나 시를 쓰거나 강변을 걷거나
붉었던 너의
그해 가을을 기억한다
무엇이었을까 너와 나의
나뭇가지엔 초조한 시간이 흘렀다
안녕, 전송 실패

대추나무 가지 옹이를 심장에 박았다
타래처럼 얽힌 꽃이 피기 시작했다
닷 되 빗물이 뿌리를 적셔도 핏빛은 더욱 짙어질 뿐
보지도 듣지도 않은 것처럼 고것이
고된 노을처럼 찬란하게
붉은 꽃, 뿌리로 부터 자진했다

골목의 문장

헌책방을 지나며 골목이 문장이 되는

어제와 오늘이 모인 고서古書들

봄비 내리고 먼지 같은 추억이 일어나는

켜켜이 쌓인 시간이 물레처럼 돌고

길거리 떡볶이를 먹던 분분한 시간들이 모여

고딕 활자는 길 위에 나무냄새처럼 눕는다

정수리엔 열기가 돋고 구름은 보수동을 건너 간다

낡은 골목길에서 진달래 향내가 나고

어린 사슴이 뛰어 노는 모퉁이 골방에서

마음의 텃밭을 가꾸는 실개천

고향의 아득한 소리 들리기도 하는

보수동 골목을 탑돌이 하듯 낡은 책방을 뒤진다

편편히 봄비 내리고 고문서의 축축한 책장을 넘기며

뒷산 진달래를 생각하는 보수동 헌책방

앙코르왓 광장에서

석상에 붉은 꽃 피었다
건기 밀림 속에
주저앉은 타프롬 성
그들의 역사가 회색 구름으로 몰려온다
시간을 통째로 먹은 거대한 뿌리들
핏빛 이끼들 모여
가던 길을 멈추고 바윗돌에 기댄다
저 뿌리는 어디서 온 것인지
오래된 기둥에 주저앉아 햇살을 굴린다
뿌리를 뚫는 무너진 역사들
카메라 샷을 수십 번 눌러대는 오늘
순간, 오롯 찍히고 있다

천정이 뚫린 신비의 방엔
발을 굴러도
소리를 질러도
노래를 불러도 울리지 않는다고

가슴이 젖어야
소리가 일어나는 공명
울음이 울림 되는,
새와 우레와 벌레와 바람이 사는 곳
거대한 뿌리들의 광장에서
나의 뿌리를 더듬는다

고로쇠

경칩 무렵 자작나무가 젖을 물리고 있다
둥근 통을 안고 수유 중이다

자작나무 가슴을 쓰다듬던 김 할아버지 거친 손
드릴로 구멍을 파야 한다고

할아버지의 드릴이 봄 화살이다
심장에서 흐르는 물방울
자작나무 유선을 타고 뚝뚝 흐른다

흰 수피의 나무들 사이 태아의 제대 같은
이 호스는 마을의 생명줄

하늘로 팔을 올린 자작나무
부드러운 흙 겨우내 극세사 서릿발이 풀려
흰 수피에 똑똑 떨어지는 물방울

TV에서 본

아프리카 수단의 아가들에게

이 봄을 나누어 주고 싶다

너도나도 자연의 젖을 마시는, 봄이다

팥싹 길들이기

푸른 화면이 지나간다
뱃살에 최고라는 말에
자유롭게 웃자란 둥근 배를 만지다가
번쩍 별이 다녀간다
처진 턱 선도 올려 준데
눈꼬리, 입 꼬리도 올려 준데
붉은 팥 위로 물을 내린다
밥 먹고 내리고 또 내리고
콘크리트보다 단단한 팥에도 푸른 싹이 나올까
바위도 틈이 있다는데
물은 씨앗에게 틈을 내 주는 거다
우주를 움직이는 저 힘 좀 봐
팔뚝 살도 팥싹처럼 길들여야 해
청정수로 먼저 싹을 튀어야 해
통통 불은 촉이 발이 되고
발이 물에서 첨벙 걷게 하는 거야
푸르게 자랄수록 대장 소장 십이지장에 좋다는데

어두운 천을 덮어 자주 다독여야 해
꼿꼿한 고개는 중심이라는 거니
물방울 수만큼 다독여야 해
견고한 가슴을 여는 거야
가슴을 열어야 부드러워지지
그리하여 곧은 허리가 쑥쑥 자라는 거야
허리가 구석을 푸르게 밝히는 거야

보타니아

갑판 위로 파도가 뛰어 오른다
해금강 십자동굴 속 허공이 외도外島다
날 선 푸른 물방울이 튄다
소금 꽃이 눈썹 위에 핀다
사람들 순한 눈독으로 파돌 타는
미륵바위 눈썹바위 코끼리바위 남해 만물상 용오름바위
두꺼비바위, 사자바위 위 천년 송에도
철썩이며 단단한 소금 꽃 핀다
부처 손을 닮아 간절한 촛대바위
어느 부부 고달픈 한숨 같다
신파극 구수한 남도 목소리에 소금끼 앉아
순풍인 듯 매끄럽다
녹슨 신전이 내려다보는 바다
가을 탄 보타니아는 푸른 청춘이다
거기, 소금바람에 목욕하는 이 누구신가
선인장 가시가 아무리 아파도
노란 백련초가 피는 섬

먼 나라에서 온 나신들이 숲속을 걸으며
파도가 술인가 술이 파도인가 잔을 뗄 수 없다는
바람의 언덕에서 바다를 훔친다
나도 이 길 걸으면 소금꽃 될까
그리운 보타니아

중독

밤이 깊었는데
어둠의 숲을 헤매다 길을 찾는
나의 중독은 은유의 늪
귀잠이 드는 오늘,
밤새 술을 푸다 노루잠이 드는 남편 같다
다섯 손가락 스마트한 게임만 열중하는 하루,
목뼈가 부러지도록 자욱한 연기 속 피시방 구석을 지킨
삼양라면으로 끼니를 때우다 지방 신문 구석을 장식한
너의 늪을 거룩하게 존경한다
흰 살덩이가 좋아라, 저 볼록한 배 무덤 달콤한 설탕과
탄수화물이 뭉친
죽도록 일만 하는 야간 족은 허기에 갈비뼈가 보인다
그림자놀이에 잠을 설치는 청춘의 밤
골목마다 환청들이 몰려오고
마당 구석 개들도 눈을 뜨고
막장드라마 같은 붉은 눈동자들
몸속 독이 겉잠이 든다

어처구니 주장이 오고가는 썰전도 밤을 샌다
그들의 입가 거품이 이는 새벽
새들의 울음이 도착 할 때까지
등뼈 곧은 난蘭만 치는 옆자리 남자의 퀭한 눈
꺼이꺼이 퍼즐처럼 달라붙은 붉은 독을 밀어내며
해독 쥬스 먹는 그런 날

개들이 그늘에서 낮잠을 잔다
몸의 퍼즐들이 들락거리는 나른한 쉼표,
오늘의 중독들이 일어나고 있다

봉정 가는 길

조각구름이 7번 국도를 달린다 백담사로 오르는 설악이 오색이다 소나무 우듬지에 새들 울음이 둥지를 튼다 저 소나무 뿌리 상처들 좀 봐, 무릎을 굽히자 바위를 감아올린 나무의 뿌리 실타래다 뿌리는 어디서 시작된 것일까 바람과 물과 새소리로 허공을 채우며 뿌리의 힘으로 홀로 살아가는 법을 아는 소나무, 한해살이가 괜찮았느냐고 줄무늬 다람쥐 나무 위를 오르내릴 때 더운 입김이 폭죽처럼 터진다 몽글몽글 접시 구름이 대청봉 팔부능선을 넘어 봉정암 가는 길, 산사의 일몰이 서어나무에 걸터앉는다 시간을 건너온 옹이의 생각들이 기침을 한다 골짝을 울리며 사라진 북소리처럼 노을이 우뚝 솟은 촛대 바위에 꼬릴 감춘다 내 긴 호흡이 따라 나선다

송곳

가을이 화살처럼 지나자
단단하게 박을 송곳을 찾았다
죽방 게걸음으로 걷거나
바람이 불 때마다 눈이 가려웠다
손을 흔들 때마다 다리가 후들거렸다
송곳을 박을 때마다 퇴직한 그를 생각했다
시인들이 사는 마을을 다녀왔다
이상한 도시에서 낡은 시집을 모으기 시작했다
나의 시론이 필요한 때
푸르른 날 이 시대의 사랑이 왔고
욕망의 꼬리는 길어 대설주의보가 내렸다
파리에서 우울이 풍장 되어 돌아왔다
고슴도치마을에서 시가 있는 아침을 맞는다
돌아온 우주 가나다라마바사 언어가 옹송일 때
꽃물처럼 물든 아름다운 송곳이
심장 깊이 파고든다

제 2 부

새들의 사생활

쥐똥나무

고놈 참 해마다 오네

담장이 무너질 향길 가지고 오네

담장을 싸각싸각 긁어대다가

저의 빛나는 눈으로

백색나팔 수없이 불다가 목 놓아 지상으로 지네

꽃 진 자리 쥐눈이콩 휘어지게 열렸네

올해도 줄잡아 닷 되, 다산이네

바다 유세

이끼 낀 바위에 새가 서 있다
가지런히 발 모으고
중심 잡아야 한다며 한 곳을 보는 갈매기들
파도가 밀어 올린 호미곶 광장에서
바다를 등진 방파제 보며 끼룩끼룩
갈매기가 귀를 연다
하늘엔 휴지처럼 날리는 공약들
바람이 부는 반대방향으로 검은 봉지가 날리고
발목은 중심을 잡는다
파도는 촤르르 고래 소리를 내고
모이가 시선을 모을 때 바람이 지나간다
부리에선 공약들이 쏟아진다
붉은 눈알을 궁글리며 거품을 물고
부리가 부리에게
썩은 새우깡은 절대로 주지 않겠다고
공약이 봉지처럼 날자,
우우 그들의 함성이 밀려온다

모여든 카메라들 날아오른 공약을 들으며
허공으로 셔터를 쿡쿡 누른다.
주둥이만 찍는 굼벵이들의 손끝
바람이 부는 곳, 끼룩끼룩
유세 현장을 지키고 있다

고요 풍경

직박구리 한 마리 보리수나무에 앉는다

폭포처럼 내린 장대비가 쉼표를 찍는다
부슬비가 편편히 내리는데
공원을 나서는 사람들
이슬비 맞다가 우산을 들다가

자귀나무의 깃털이 몸을 털 때
원추리 바람이 노란 허리를 감았다 간다
유월 숲이 흔들린다

바람이 분다
갈티 못이 흔들린다 청동오리 깃털이 바쁘다
무궁화 이파리마다
왜가리들 푸른 침낭에 내려 앉는다

비오는 날 고요 풍경

저 우주의 몸짓

모여든 눈이 유월에게 묻는다

새들의 사생활

수묵 부채가 푸드득 날개를 편다
공원을 돌아 나오는데 까치 두 마리 장난질한다

소나무 가지가 툭 떨어진 줄 알았어
바람이 부는 줄 몰랐어
누군가 가까이 오는지 중요하지 않아
재잘거리는 사람들의 언어가 도무지 들리지 않아
나무 아래 보금자리가 좋을 뿐이야
발등을 밟았으니 나의 품으로 오렴
날갯짓 푸드득 푸득
너의 부리를 내미렴
이마를 콕콕 찍어 간지럽다고는 하지 마
소나무 아래가 좋아
노란 부리가 봄바람에 부딪히는 소리,
어깨를 내밀어 봐, 들리지 않아도 돼
친구들 응원이 소나무 가지에 걸려 있어
스담스담, 장난이라 하지 마

너와 내가 겹치면 탑이 되기도 해
응원소리 들리지?
푸드득 날개를 펼쳐봐
우리의 꿈, 폭이 얼마나 되지?
부리에서 물소리가 나

철둑길에서 동백과 조팝의 사춘기를 보낸
말숙 언니의 연애처럼,

신화마을

고래가 가파르게 날숨을 뿜는다
신화로부터 멀리 와 버린
여기,
어디쯤 인가
관절마다 퇴약볕이 욱신거린다
화첩처럼 펼쳐진 골목 고래들 벽면을 오른다
등대처럼 서 있는 해바라기 벽화
바람이 불어도 미동이 없다
어제 오늘의 경계가 없는 지금
혹등고래가 헤엄을 치느라고
신화마을이 파도처럼 일어난다
등뼈 굵은 황소고래가 지나가고
창문아래 나팔꽃도 핏빛으로 피어나고
늙은 아버지, 고래를 기다리다 뱃고동 소리로 돌아 올 때,
마을은 또 하나의 신화가 된다
맑은 눈빛이 내려다보는
창문에 턱을 괸 누렁이가 졸고 있는 사이

벽화에서 아이들 소리가 들리고
들숨을 뿜은 나도 벽화 속으로 들어간다
평화구판장엔 막걸리 사발 오가고
관절 식힐 비구름이 신화의 언덕을 오를 때
고래를 타고 산마을을 내려간다

* 장생포 신화리 벽화마을

양지마을

다랭이 논에 수탁이 구구국 흙을 뒤집는다
황새냉이 꽃다지 애기똥풀
논둑을 오르는 두동면 천전리
낑낑이풀이 비탈을 지키는
물소리 순한 경칩,
봄물은 아래로 풀린 다리처럼
수 천 년 숲을 연하게 푸르게 펴 올리는
발목 적신 갈대 허리에 하늘이 걸린다
옹기 굴에 흙마차 다니던 이곳
소나무 사이 굴피나무 열매가
댕댕 풍경 소리를 내고
은사시나무에 버짐이 움처럼 퍼진다
괭이밥이 숨어들었다는 반구대, 개암나무가
공룡발자국 같은 귀를 열어 클클클
물소릴 엿듣고 있다
휘어진 길,

낮은 의자에 오후 네 시 그림자가 앉는다

봄을 낙관하는 수탁들,

그들이 모여 사는 양지마을

봄이 한창이다

금천琴川

장천사지에서 찾은 팔곡

검은 물잠자리가 물푸레나무 위를

일어났다 앉는 그늘 아래

촛불 켰던 바위 아래 물이 흐른다

희미하게 비치는 금천琴川, 천 년을 빚은 무늬

거문고 소리를 내자 더위가 멎는다

돌칼로 그린 이끼 속 문양에서

깊이 파인 팔곡이 인다

비단 망치로 두드리자 먹물 입은

화선지에 바람이 인다

탁본의 계절

물 아래 거문고소리 차오른다

그, 떼

문수산 그늘이 돌아갈 무렵, 고공 행진을 하다 노을에게 절창하는 새 떼들, 대숲과 강물사이 가을과 봄이 다녀가고 통째로 세를 놓았다고 떼 지어 강변을 수만 평 횡단하는 세든 주인들, 동 트거나 해질 때 허공은 떼의 근육을 만든다. 사춘기 비행소년 들처럼 까악까악 허공에게 방목한 떼까마귀, 부리를 내밀어 천개의 촛불을 물고 돌아오는 저녁, 한 무리, 두 무리, 무리 속에 난 부리에게 때를 놓치면 다시는 돌아오지 않을 떼에게 꿈을 찾는 동안 돌림노래에 물고기가 튀고 대숲이 들썩인다. 숲과 강변은 와글와글 도돌이표처럼 몰려드는 그들에겐 긴장이다 와와 마을은 온통 우산으로 바리게이트를 치고 새떼들의 흰 우박이 내리는 저녁,

부리를 죽지 속으로 모은 새 떼가 비밀문서처럼,
시간의 뒤편으로 날아간다

슬도에서

아픈 상처가 있거들랑 슬도로 오라

구멍 숭숭 뚫어진 바위틈으로 한숨이 드나들고

심장을 때리는 푸른 파도가 울음을 멈추게 하는 이 곳

엄마 품 닮은 바다해국과 박하향 나는 바다해초

불면의 밤이 거문고 소리에 잠드는

태화강변

백년 만에 붉은 소나무 꽃이 배달되었다

줄무늬 노랑나비가 나풀거리며 초대장을 날랐다

강물 옆 대나무 숲은 노을빛이 찬란하다고 했다

물방울처럼 튀는 숭어의 노래도 아침나절에 있다고 했다

수레국화가 푸른 보리밭을 가로질러 합창 한다고 했다

말티즈가 치마 입은 그녀를 따라 나서는,

징금 다리 아래 물풀들이 푸르게 머릴 풀어헤친다고 했다

밀밭 길 양산 쓴 칠월 개양귀비가 오고 가고

보리도 고개 숙여 누렇게 익는다고 했다

석화昔畵

해질녘 천전리 각석 147호를 거닐다
공룡이 남긴 발자국 여럿
바위 꽃으로 피어 있다
움퍽한 너럭바위에 나의 발을 넣자
시간이 밀어 낸
강아지풀이 머리를 흔든다
골짜기 소리들이 바위에 머물다 노을로 진다
바람이 켜를 이룬 바다 먼지
희미하게 허물어지다
천년의 두께로 쌓여간다
마름모꼴 음각 둥글게 부푼 선사의 기호들이
무명 배를 띄운 바다가 된다
용왕을 태운 용선도 그 조랑말
선명한 기호, 그까짓 철책하나 못 넘을라고
암각 책장을 넘기자 신라의 왕손 갈문왕 사부지
어느 세기 쯤 어린 심맥부지 손잡고
이 계곡을 다녀갔다는

또 어머니도 다녀갔다는
골짜기 물길 이야기가 휘어진 숲길을 만든다
강 건너온 어제의 바람이
대곡천 찰랑거릴 때
빗장 풀린 우화가 쏟아질지도 모를

금척리 고분古墳

안개가 키운 소나무 뿌리가 깊다

켜켜이 쌓은 시간의 무게
봉분과 봉분 사이 개망초 가득한 늦은 봄 금척리,
소나무 푸른 순들이 기댄 봉긋한 젖가슴 수십 개 고봉밥을 만든
동과 서로 나눠진 4번국도
댓잎 소리에 셋째 손가락을 접어
두드린다. 봉분에 귀를 대면 물소리 가득하다
동쪽에서 자〔尺〕의 달그락 곡옥 소리 들리고
서천을 건너는 말발굽 소리
달팽이관을 몇 바퀴 돌다 반원에서 침전 된다
저 봉분 40기 진상은 어디쯤일까
달빛이 하얗게 걷는 그 곳, 유월
어둠을 뚫는 달의 그림자는 누대의 탐험가
시간의 무게가 키운 소나무엔 솔방울이 영글고
봉분 사이 아이들이 푸르게 잉태된다

법흥사 산수유

단석산 오래된 산수유나무

초록보다 먼저 닿은 노란 꽃등이

산사의 밤을 밝힌다

법흥사 스님의 독경소리 희미하게 듣는 흰둥이

노란 산수유 그늘이 안다

산수유 치마폭을 넓힐 때 엄마의 잔걸음이 잦았던,

뒤뜰 논매던 오빠

이곳에 누워

가지마다 노란 리본을 단 산수유

텅 빈 사월

암각화

강 너머 꼬물거리는
선사의 그들, 빗살 바위에 앉았다
물길 휘어진 구곡 사이
흙발 부처가 옹송이는 절벽
호랑이 늑대 꽃사슴 거북 물고기들
비단, 귀신, 혹등고래
고래고래 소리 지르는 바다를 건너 온
그들 암각
부엉이 눈보다 둥근 망원경 안에
강 건너, 잡힐 듯 잡히지 않는
각질 분분한 선사의 서書

김 도도

제주도와 우도 사이를 다녀온 후

꼬물꼬물 움튼 새싹 같은 도도가 우리 집에 왔다

개나리, 벚꽃, 목련이 필 무렵

도도의 우렁찬 울음소리, 봄꽃으로 온 우주

우주를 막 들어 올린 울림이다

제 3 부
갈대는 속울음을 낸다

황금 계란

황금동 언니가 계란을 판다 휘어진 허리 달포마을 떠나 온 사철나무 같다 이사 온 후 공원에서 제당 내력을 팽팽하게 당기고 있는 사철나무, 금호강 넘어 열사병으로 죽었다는 소문이 편서풍으로 들렸다 계란찜 계란말이 계란구이를 새끼줄로 묶었던 모퉁이 쪽방, 바지랑대 불씨가 종족의 터 태운 얼룩진 난민촌 이불처럼, 공원 모퉁이를 지키며 계란을 판다 계란 사시오, 골목을 누빈지 오십 년 기울어진 등뼈가 황금동 집 한 채 일군, 꿈에도 계란을 판다 열사병으로 휘어진 등이 황금 계란을 판다

중복

한 계절이 열린다
더운 바람이 구석진 골목까지 돌다 나간다
개망초는 왜 이맘 때 피어나는지,
철망 상자를 실은 낡은 트럭이 북으로 간다
유월 하순 어제도 개들을 실은 아파트
몇 동 몇 호, 오늘도 몇 동이
휙 지나간다
개망초 흔들릴 때마다 목 죄어 온다
길게 빠진 혓바닥은 간밤에 잠을 설친 듯
허공에 침이 사선으로 흐르는
골을 타고 엎드린,
바람은 꼬리로 잡고
어딜 가는지 거꾸로 방향을 맞춘다
바싹, 엎드려도 소용이 없다
다시는 못 올 순백의 언덕, 이 길을 기억한다
유리창에 비친 백구의 흐린 눈
비가 오르는지 쓸쓸한 구름이 지나가고

중복으로 가는 뜨거운 곡소리,

바닥을 달군다

인력시장

안개 사이로 더딘 새벽이 온다
동트기 전,
세 들어 사는 사내의 무거운 걸음을
벚나무가 듣는다
주전으로 가는 굴다리 난간에
엉덩이를 밀어 올린 낡은 신발들
모서리로 날아든 시든 꽃잎들이 시장을 만든다
휴일 없는 일요일 새벽
삼동을 건너 온 바람의 칼이
가지를 흔들 때마다 귓볼이 움츠린다
어제도 월세 독촉을 받아
언제 날개를 펼지, 죽지 속으로 파리한 손을 끼고
흙 묻은 엉덩이를 난간에 밀어 넣고
아이에게 쥐어 줄
단팥빵을 생각한다
바람에 잔가지 부서질 때마다
누가 내 이름을 불러 주려나, 언제?

귀를 쫑긋 새우며 보내는
난독증의 시간
그의 새벽은 안개주의보
창문에 비친 움, 벚꽃이 곧 피겠다고
신발 끈을 다시 묶는 허씨가
평화국밥집 따순 국물을 꼬르륵
들이키는 소리,

푸른 잎을 엿보다

귀를 열자 소리 전쟁이다
와르르 공기 알맹이 모래톱으로 쌓인다
가을로 가는 밤 오롯이 그와 대치 중
허리 구부려 혈맥을 찾는

마당 구석 남천 이파리에 숨었다가
긴 발목으로 물 위를 걷다가 세수 마친 여자의 종아릴 훔친다
빵빵해진 뱃가죽을 두드리는 하루
그의 하루는 벽돌에 기댄
구월, 꽃무릇 같은

침대 오른 남자의 얼굴을 갈기다 붉게 솟구친 북쪽 벽
순간의 꽃 절창으로 피어나고
푸른 이파리 사이 엿보다
거미가 엮어둔 그물에 긴 발목이 잡히기도 하는

어둠이 좋다 새벽이 오기 전

긴 빨대로 목을 누른, 여자의 붉은 소리가
다섯 번의 자명종으로 울리고
모래알처럼 소리는 왱왱 구르고

눈동자는 붉다

풀무의 고집

언양시장, 제일 용광로 불기둥 솟는다 망치소리 후끈한 마당 귀퉁이 수십 년 땐땐한 하루를 고집한다 아버지의 사고는 우레처럼 오고, 팔 남매 구겨진 길 엉키어 입에 풀칠 대신 풀무를 배워라, 유언 같은 말씀은 어린 발로 풀무를 몰아 풍량계가 구불구불 전류처럼 돌고 개망초 보다 작은 열두 살 가슴이 유월 미나리보다 푸르게 자라나 물위에 통통 튀는 푸른 반항끼에 물기가 돋고 둥글게 불꽃이 핀다, 피운다 지워진 지문이 물맛을 당기는 오후 불기둥에 앉은 땡볕은 그 해 앵두보다 붉다 호미, 낫, 도끼, 곡괭이… 이마 주름이 구릿빛 낙관 이두박근이 화석처럼 망치로 새기는 대장장이 구씨, 탕탕 붉은 하루가 노을에 물든다

석류나무 집

낡은 대문을 지키는 석류나무 맛집
바람이 골목을 따라 나온다
남편이 심고 간 나무가
그늘을 넓혀간다 물기 마른 까칠한 수피
올해도 가지 끝 석류 몇 알 달았다
힘겨운 미닫이 왼쪽으로 열리고
코스모스 핀 낡은 유리창에 서향 볕이 앉을 무렵
다리 하나가 반쯤 구부러진 식탁엔
꽁지머리 노부부 마지막 잔치국수 드신다
팔순 노모 삼십 년 구부러진 허리
국수처럼 말아 올려 맛의 깊이를 잰다
크로키 얼룩 메뉴판처럼 천정을 타고 내린다
철 지난 문수사 달력, 골짜기로 흐르고
누런 테이프를 가로 세로 세우고
삶에도 접근금지가 있어 푸른 테이프처럼
어제를 치유하고 있다
물국수 후루룩 소리에 석류나무가 자라고
담벼락에 기댄 채송화도 붉게 핀다

청도

봄은 황소처럼 온다

청도 지나며 말씨름 하다가
흙모래 이는 우사를 본다
얼음골 바람이 싸움을 섬으로 밀어 넣고
봄은 저 소에게서 부터 온다
가지산 등줄기처럼 팽팽한 근육이 일어나고
꼬리는 가랭이 사이를 지킨다
봄꽃이 피어나도
두 뿔 맞대고 큰 눈 더 큰, 한 눈을 밀치고 있다
뒷걸음질은 콧김으로 밀리는 거다
모래바람을 일으켜
앞발이 뒷발을 좁히고 있다
푸른 섬엔 밀당이 질주다
링 안에서 코로 인사를 한다지만
뿔로 인사하는 법은 없다

청도 가는 길 황소바람이 언어를 날린다
언어가 살찌는 푸른 도都

명찰

강변에 누운 오동나무가 있다 다리 짧은 의자 하나가 오동나무 뿌리를 지킨다 의자엔 유모차 밀고 온 등 굽은 할머니 며칠째 강물을 응시 중이다

'날 가져가시오' 허리에 명찰 단 오동나무에 왼팔 얹고 물에 비친 기러기 떼 보다가 마른침 삼키다가 손 흔들어 젖은 눈가 말린다 누굴 찾아왔는지 어디로 가는지,

저 허리 둥치 키우려면 얼마의 천둥과 번개가 있었는지 얼마나 소낙비와 착한 햇볕을 쪼였는지 손바닥 포개고 내원사 와불처럼 눈 감고 있다

—나를 일으켜 줘, 강변 이야기하고 싶어
오동나무 곁을 지키는 박원순 할머니 비스듬한 낡은 의자에 앙상한 엉덩이를 걸치고 있다 쭈글어진 젖가슴엔 큼직한 명찰을 달고,

빈집 · 3

빗방울이 낡은 철문을 두드린다 한쪽 남은 철문의 구겨진 틈에 고요가 숨어 있다 적막한 잡초가 마당 가득하다 어딜 갔을까 오래, 봄을 기다린다

철문을 지키는 감나무 묵은 얼룩이 쓸쓸한 빈집, 간간이 오가는 트럭이 마당으로 닥칠 것 같은 괴성이 적막을 깨운다

오랫동안 멈춘 시간에 기대어 앉는다 길 건너 모퉁이 화단엔 홍매화 복수초 산수유가 피고, 할미꽃이 고갤 내민 새봄인데 무릎 꺾인 풀 가득한 빈집엔 반쯤 찢긴 문풍지 한 쪽 창문은 날아간 지 오래

창 없는 작은 방에 벽시계가 걸려 있다 흐르는 시간 속에서 시계는 그날을 기억하며 멈춰있다 바람은 서사마을을 몰아내고 조개껍질 같은 풍경들을 걸어 두었다 뒤란 대나무 우듬지에 까치 한 마리 댓잎을 쫀다 빗줄기만 홀로 철문을 두드리는 서사리 당숙네

드므가 사는 집

오월 꽃그늘이
포록포록 달포된 강아지를 재운다
처마 밑 펑퍼짐하게 눌러앉은 독,
타는 가슴 불길 잡으려
여태 맑은 물 고집하고 있다
돌계단을 오르자 사랑채 모퉁이 느티나무 옹이,
오도카니 이파리에 익숙하다
태풍에 부러진 가지들
고물고물 육 남매 바람 잘 날 없던 곳
할머니 관절염 앓기 전부터
초록은 그늘을 앓는다
혼기 지난 시누이의 신열 같은 골똘함이
옹이진 채 안으로 개울물 소리 일 때
촉수 세운 새싹들
할아버지 손길로 느리게 수평을 일군다
드므 앞 앉은뱅이 나무의자
둥근 독 속에 비친 그의 파랑을 기억한다

느티 아래 무순을 뽑아
새댁 입덧 맞추느라 분주한 오후
구름 한 자락 줄장미 담장을 너머
드므를 다녀간다
오래된 물거울이 훤하다

드므엔 노부부가 산다

갈대는 속울음을 낸다

강변이 한가하다
갈대 숲 길을 휘적휘적 걷는다
작년 이맘 때 걷고 달리던 출근 길,
이파리의 푸르름을 기억한다
날선 아침이 강물처럼 흐르고
노을 붉게 오는 시간
이 길을 건너면 또 다른 시간
무릎 꺾인 시간이 팍팍하게 왔지만
컬컬컬 헛기침을 한다
집 나설 때 받은 아파트 연체 독촉장
긴 그림자가 따라 나선다
몇 달 전 끊은 디스 다시 입에 물고
홀로 장승처럼 서 있다
강변을 마주보고 있는 고층 엑슬루트
검푸른 물결에 흔들린다
낡은 등산복 강바람이 샌다
우우 속울음을 내는 갈색 숲

공씨의 오후 다섯 시가
강물 속으로 뛰어내린다

계절도 꿈을 꾼다

— J형에게

겨울이 지날 무렵
다방 창가에 앉은 청춘들
대자보는 글자 몇 줄로 시작되고
세상을 바꾸어야 한다고,
골목마다 계엄령에 깔려 숨죽이고
걸음을 옮길 때마다
낯선 그림자가 따라 다녔다는 그,
사무치던 청춘은 변성기를 앓았고
사월의 목소리는 굵고 거칠고 떨렸지만 눈은 살았다
최루탄이 터지고 꽃망울이 펑펑 터지면
거친 운동이라 부르며
서시를 외웠지만
계절은 청춘이었으며
청춘은 불끈 쥔 주먹이 주름치마처럼 울었고
목울대는 굵은 핏줄을 세웠다
계엄령은 직립이었고
침을 튀기듯 툭툭 터져 나오는

말의 씨앗 같은 언어는 담을 넘어 파도처럼 튀었다
연애는 사치가 되던 시절
다방의 차는 식었고 그의 눈동자는 빛났다
창을 보며 벚꽃이 피기를 기다릴 무렵,
봄은 잔인하게 그의 온 몸을
사정없이 칭칭 감았다
꿈을 꾼 듯 한참, 몇 계절이 다녀 간 오후
근육이 풀어진 사각 턱으로
희끗한 중년인 그의 안부가 도착했다

푸른 성城

푸른 성이 읍성에 있다 돌탑을 쌓듯 단을 올린다, 가지산이 뿜어 올린 물마시며 푸르게 누워 있다 흘러내린 머리칼을 쓸어내리며 땡볕 아래 허릴 펴는 박 할머니, 깊은 주름 거뭇한 이마에 흙물 냄새 난다 켜켜이 쌓은 성, 푸른 산을 이룬다 새벽부터 청청한 목소리 미나리 사시오, 외쳐보지만 골짜기 내려 온 구름만 듣다 간다 고것들 날 것이 붉은 피 돌린다고 달팽이관을 두드려 보다가, 자주 부르는 노래가 구름 위에 눕는다 저 푸른 초원 위에 꿈은… 아들 사고 이후 멈춰 버린 시간, 허릴 더 구부려야 푸르게 자란다 기역자로 접힌 허리, 꽃대를 새우는 푸른 읍성邑城에 갇힌 할머니, 손아귀에 미나리향이 오른다

사과 값

골짜기 사과 농사를 한다는 늙수레한 총각, 거친 손을 내밀던 그가 사철 농사를 팔러 다닌다 봄부터 가을까지 제철 과일로 골목을 누빈다 겨울엔 주구장창 청송 부사만 가지고 다니는, 일주일에 한 번은 온다 집 앞에서 확성기를 크게 틀고 누구든 기다린다 조용한 아침에 확성기 소리에 귀를 막다가 골목을 내다보는데 시간이 지나도 떠나지 않는 그가 심사가 틀렸는지 확성기 확확 틀고, 있다 아무래도 쭈글한 부사 한 바구니 사 줘야겠구나, 그 총각이 대뜸, 요즘 들어 미인이 됐네요, 아니 이 늙은 총각이 헛것을 봤나 갑자기 미인이라니, 그 흔한 눈꼬리 성형도 안했는데, 이빨을 드러내며 뒷말이 따라 나온다 잔주름도 펴지고 근심도 펴지고 입 꼬리가 올라가고… 아니 이 늙은 총각이, 집으로 들어와 거울을 본다. 진짜가? 그럼 그렇지 철지난 청송 쭈글테기 사과 값이었다

그녀의 문장

버스가 비석 앞에 선다 마을을 가려면 비석의 검문을 받는다 어둠 속 열녀각, 검은 그림자 어디서 오는 걸까 달빛은 주홍 창살을 비추고 있다

버드나무 가로수 우거진 한 때도 있었는데 잘려나간 세월 이끼가 유적처럼 쓸쓸한, 달빛에 비친 비석에 새의 발자국이 오래 머물다 간다 걸음이 멈출 때마다 기별은 봉분처럼 잉태 된다

문이 열린다 어둠을 뚫는 달의 그림자 시린 바람이 놀다간 나뭇가지엔 솔방울이 열리고 봉분 사이 귀를 대면 물소리 가득한, 마을엔 언제쯤 아이 울음이 들릴까

버스가 멈추다 간다 아름드리 잘린 수양버들 허리에 돋아난 어린 새싹 무리지은 개망초를 조문하듯 열녀각 앞에 나즈막이 서 있다 고요 속 오래된 그녀의 문장이다

동마 버스는 끊어진 지 오래 봉분 마을에 열녀가 산다

제 4 부

가을 가고 여름이 오고

아버지의 봄꽃

오봉산의 오후가 노랗다
산수유 골짜기 따라가면 진달래가 보이고
그 길 끝에 아버지 계신다

비석 대신
햇볕과 바람과 별빛이 다녀 갈 너른 바위 상석을 만들고
새소리 듣다 잠이 들기도 하고
오월이면 아카시아 찔레꽃도 피는데
이 봄이 따뜻하다 아버지,

주위에 다발 꽃이 밭을 이루고
방긋 웃기도 하고
수줍어하는 하는
할미꽃,
지천으로 피어
살아생전 누리지 못한 꽃들에
몰입하는, 꽃잎 쌓인 듯

아버지 봄꽃으로 와

홀로 계신다

장자의 신발

몰려든 신발을 남겨두고
사십구제 앞둔 오빠가 시골집을
이제 떠나려한다
사월이 오기 전 산수유 꽃이 지기 전
가깝거나 멀거나
바닥으로 나서던 나날
자식들이 사다 준 알뜰한 손길
그 빛이 허물 거린다
낡은 장롱 속
상표도 떼지 않은 새 구두
신어보지 않은 깔창이 공손하게 반짝인다
뒤뜰 무논에 물을 가두던
흙 묻은 장화
단석산 오르던 등산화
거름 냄새가 짙게 밴 안전화
손끝 야무진 시간이 머물다 간다
벚꽃이 핀 봄 거리가 무속 영화처럼

신발 안창에 깔려있다
쏟아 부은 부스러기를 털어내며
길 떠나려한다

언제 한번 마음먹은 대로 해본 적이 있는가?

먼 바다 향해를 준비 중이다

끈 · 1

— 동백이 지고

동백꽃이 핀다
증조부 성묘를 다녀 오던 오빠의
외마디는 동백처럼 붉고
그 소리 나무에 맺히고
가로수 아름드리 굵은 허리가 휜다
강한 정월 바람이
죽비 내리 듯 서둘러 간다
지나가던 사람은 멀뚱거리고
폭스바겐도 앞머리 상처를 입는다
아버지는 눈을 감고 아들을 입속으로 부르고
옆에 탄 아들은 허공으로
아버지, 외치며
차가운 바닥으로
동백꽃이 툭 떨어진다
순간으로 피는 꽃, 바닥이 흥건하다
도로 위 찢겨진 꽃잎들

태풍 같은 기별이 줄을 당기며 뛴다

시골 오빠가 차가운 바닥에 누워

붉은 줄을 놓으려 하다니

아침상을 물리던 혈족들

맨발로 끈을 팽팽히 당기며 온다

동백나무 허리를 흔든다

붉은 꽃잎이 툭툭 떨어진다

정월 칼바람이 지나 간다

논에서 자고 논에서 일어난다는 일 부자

어설픈 미소를 가진 압실 댁

순한 장남

푸른 옷 한 벌 입은 마지막

장자에게 친, 일가는 한 줄로 선다

사월 논물처럼 눈동자마다 물이 출렁거린다

초사흘, 하늘에서 종이 울린다

아득하게 동백이 진다

끈 · 2

만두를 잘 빚으면 예쁜 아기가 태어난다고
달을 빚었는데
설날 지나자
성급한 봄처럼 도도가 왔다

만삭인 며느리 둥근 배가 보름달처럼 부풀어 오르고
달에서 둥둥 북소리가 난다
움이 튼다
붉은 물길이
우주의 긴 호흡을 한다

불구덩이로 사정없이 들어간 오빠의 마지막이던
아가의 첫 울음이 시작된 그 날,
순간이 빛처럼 교차되고
혈맥의 끈은 이어지고

여전히 아침 해는 빛난다

봄은 오는데
기뻐 할 수도 서러워 할 수도 없는 그런 날

허공에서 허공으로 끈 하나 묶어
세월이 가고
세월이 오고
시작도 없이 끝도 없이 이어지는 끈
단단한 새싹으로
돌아오는,

끈 · 3

살아가는 일이
이어진 끈
끈으로 묶인
백지장처럼 가볍고도 무거운,
영원처럼,
삶이 시詩처럼
시詩가 바로 삶인 것처럼
오봉산으로 할아버지, 아버지, 오빠, 삼대 가시고
산소를 지나자 말씀 내리신다
눈을 뜨고 감는 일이
생生인 듯 사死인 듯
끈,
살아있다

거풍擧風

수장고가 열렸다

어느 가문에서 온 오래된 글자들

박물관 대곡 그늘에서 숨 쉰다

먼지를 털어 말리자

구겨진 문장들이 내밀하게 등을 편다

냄새는 소유권을 따라 나선다

검은 시간의 장, 넘기다가

고문서 앞에서 아버지를 만난다

이월 초이레 새벽 네 시

문풍지 울리며 떨리던 목소리,

밭고랑 매던 누이의 필사본이 시조창으로 나오고

어느 골짜기를 다녀간 묵객 시가

정갈하게 시냇물처럼 흐르고

일꾼이 일군 한 해 새경 장부 밀알이 굴러와 심어진 점,

점들이 모여 덧바른 두께만큼 묵책을 만들고

나무 기둥에 열매가 열리고

사람들의 이야기가 크나큰 풍경일 거라는

곰방대를 문 아버지가 걸어 나오시고
묵향 깊은 시골 장방 냄새가
아버지의 손길처럼 들락거리는
수장고 열리는 날
어느 듯 박물관 뜰에 묵화처럼 걸리고,

시인

소문에 눈이 멀었다는 촌수 먼 조카가
첫 시집을 낸 후, 전화가 왔다
삼십 년의 안부를 더듬고

자주꽃 감자밭에 똥물을 푸던 화곡 댁을 풀어놓고
헛간 시래기가 밥이었던 양어머니의 긴 한숨소리가 들리고
고랑에서 자라던 헛헛한 산비알 텃밭의 간절함은
새끼처럼 꼬이고,
심장에 고여,

시인이 되고 싶다고 한다
눈이 흐려 글을 쓸 수도 읽을 수도 없다고 하는 조카
글은 어떻게 쓰냐고 물으니
아내가 받아 적는다고 한다
시큰한 콧등 하나 먼저
그가 밟던 낡은 축담에 도착 한다

-너는 이미 시인이다

바람의 내력來歷

평원을 넘은 아버지 언 강 건너 동쪽에 닿는다

아버지의 아버지는 붉은 관복을 버리고 단석산 바라보며 산수화로 병풍 친 옥산 아래 소쿠리 터, 가부좌로 눌러 앉는다

그로부터 언제였든가 바람과 햇볕과 안개와 들꽃이 모여 마을을 이루어 봉긋봉긋 금자의 모서리가 튀어 나올 듯 봉분들이 솟아 대대손손 마을의 연대를 쌓는다

칠평 할배의 기억 전 이야기는 골목으로 시작되고 동학의 밀서가 드나드는 시천주조화정, 하늘과 땅의 내력이 마구간 소구이를 지키던 할머니의 구전으로 이어지고 문풍지 사이 전설처럼 이어진다 어느 골짜기 적멸굴 기도는 단석산 폭포처럼 흐른다

바람처럼 왔다가 바람처럼 사라진 칠평의 얼, 금자를 품은 금강석 같은

너렁국 끓이는 저녁

감나무 그늘이 기울던 저녁이었다
백철 솥 아궁이엔 장작이 활활 타며 너렁국이 끓어 넘쳤다
사랑방엔 사춘기를 건너는 오빠의 반항기 아버지와 싸우는 소리 들렸다
감나무 가지는 담장 밖으로 기울고 대문 앞 우물은 파문으로 깊었다
그늘엔 아궁이 불이 활활 타오르고 불을 때던 동생의
달군 쇳소리가 담장 너머 불꽃처럼 튀었다
그가 동생의 가슴팍을 치자 해가 붉게 기울었다
달려온 어머니는 부지깽이로 바닥을 내리쳤다
땅거미가 깊게 어둠과 경계를 지을 때
부지깽이 하얀 연기는 어머니의 부화로 피어올랐다
그와 노을은 뒤란으로 숨었고 끓어오르는 어머니의
속앓이는 흰 광목 치맛자락으로 숨었다
백철 솥엔 철철 넘친 너렁국만이 어머니를 달랬다

* 너렁국 : 칼국수의 경주 사투리

빈집 · 4

앨범을 꺼내자
오래된 풍경이 다시 붐빈다

낯선 성城으로 변해버린 불빛
낡은 대문을 열면 쓸쓸함이 배어 고개 숙인 수국과 기차소리 가득하다
어머니, 맨발로 걸어 나오실 것 같은 마당 어귀
달빛만 희미하게 머문다

금 간 소금단지만 장독을 지키고 떨어진 감나무 잎의 골똘함 남아
뒷마당에 붉은 뿌리 머윗대를 나르시던 줄무늬
보자기는 횟가루 벽에 걸렸는데

시간의 경계가 완강하게 거부하는 어둠의 구렁에서
낮은 목소리가 흐른다
돌이끼가 기왓골을 층층 오르는 와송

삐걱거리는 문소리가 잠을 깨우는 옛 집

기억의 저편을 흔들고 있다

빈집 · 5

할아버지 돌아가시자 서울로 떠난 선동댁 마당은 한 때 마구간이 됐다 옛 흙들은 어디로 갔는지 발자국은 어디에 숨었는지, 지나가는 사람마다 쯧쯧, 버려둔 시골집 안채가 무너지는 봄날, 황토 집 옆구리가 쩍쩍 소리를 냈다 벙어리로 삼년을 견디시던 할머니 콩기름 안방도 빛을 잃었다 햇볕이 놀던 촉촉하던 마당은 사라지고 개망초 속절없이 커가고 헛간 송아지 울음소리 희미하게 들리는 봄밤의 꿈처럼 지나간 기억만 꽃을 피우는 이 적요, 볏짚 속 팔을 깊숙이 넣어 참새를 쫓던 오빠 떠난 후, 수런거리던 참새들 보이지 않고 가끔 새 한 마리 다녀간다 무너진 담벼락 아래 서까래 구들만 나란히 누워있다 늙은 감나무 한 그루 오월 새순을 달고 이파리 뾰족 내민다

가을 가고 여름이 오고

고구마 순처럼 순한 아들이 서른 넘어 새 곳간을 채운다

누렇게 변한 벽지를 걷고 거실 등을 떼자

구석은 방금 닦은 치아처럼 웃고 있다

김칫국물이 사정없이 튀던 일상이 허공에 난다

이두박근 고대로의 먼지들을 이룬 푸른곰팡이 일가

가을이 가고 여름이 온 햇살처럼 빛날 번개 꽃등

옹기종이 모인 별빛 샹데리아 둥근 우주를 밝힌

초여름 밤 꿈처럼 돋을 그의 곳간 시렁이 반짝이고 있다

와촌 가는 길

1

새벽 길 안개비 젖어
팔공산으로 간다
버스를 기다리는 동안
수직 비 거세지고
갈등은 굵은 빗방울처럼 깊어간다
버스에 오르자
금강경 소리 창문을 두드린다
정을 박 듯
성에는 안과 밖을 차단한다
시선 돌리느라
창문을 문지르는 동안
풍경을 만드는 빗방울이 또로록 또로록
뿌리를 휘감는 비안개도
창문을 두드리고
비는 창문으로 문자를 쏟아 붓는데

창틀을 뚫는 목탁소리를
이월이 듣고 있다

2
모량 지나자, 눈 내린다
유리창 밖으로
시골집 벽에 걸린 눈 덮인 달력 같다
묘지 가득한
마름산자락에 볼록볼록 눈이 가득하다
어릴 적 소 먹이던 산골짜기
눈 덮인 그 때가
손 뻗어 지난 시간을 만져보고 싶다
와촌 지나 팔공산 간다
갓 바위 오르는 길목마다
눈안개가 묵언 중이다
발이 푹푹 빠지는 홀로 낙엽 길
우듬지 나목에도

골짜기 모퉁이로 피어오르는
불가의 향기 깊고 푸르다

와촌 가는 길 · 2

창문에 고인 물방울이 길을 낸다
와촌 가는 길
나의 뿌리는 점이다
점은 어디에서 시작되는 걸까
비 올 때나 눈 올 때 아침햇살이 점점 둥굴 때
길을 나선다
경주 남산을 지나 모량, 건천
휴게소 보이는 그곳 즈음에 아버지가 누워 계신다
유년이 점처럼 둥글게 있다
병풍처럼 전설이 머문 금척리
천 년을 품은 고분이 다닥다닥 있다
늦가을의 우울이 샘처럼 모일 때
그날은 분명
치마폭이 가라앉은
안개가 자욱한 길이다
길은 뿌리 깊게 자란다
점들이 모여 길이 된다

점점 와촌이 보인다

비오는 날

몸살

그해 초가을의 비는 지루했다
시골 마당 작은 아궁이에 불을 지폈다
신 새벽 아버지는 비질을 하시고
비 오기 전 콩깍지 탁탁 튀는 불을 지폈다
짙은 연기는 그의 마른버짐에 독을 감 듯
온몸에 독을 지었다
검게 탄 구들장에 발 모으고 어둠 속
물레를 돌리듯 검은 이불로
둥글게 항아리를 빚었다
쪽진 어머니 문지방 넘는 발걸음, 불꽃이다
흠뻑 땀 흘린 후 애처로운 그녀의 손길
이마에 스치자
쌀쌀한 바람에 감항아리
툭 갈라지는 소리 들렸다
아궁이 속 열기는 잠시 머뭇거리다 사그라지고
검은 독에서 향기 돋아나
눈가에 눈물이 흘렀다

은유의 시간, 혹은 치유

— 한영채 시집 『신화마을』

전 기 철

(시인 · 숭의여대 교수)

1

시간을 시로 쓸 수 있을까. 만일 시간을 시로 쓴다면 어떠한 형상일까. 만일 시간이 시가 될 수 있다면 그 시간은 소리와 모양, 향기, 맛, 촉감이 있어야 하지 않을까. 뿐만 아니라 탄생과 성장, 그리고 죽음이 있어야 할 것 같다. 그런데 일반적으로 시간은 우주의 탄생과 함께 나타난 관념으로 극히 추상적인 개념이다. 뿐만 아니라 시간은 복합적이며 평행적이기도 하다. 시간이란 생명체들이 갖는 관념일 뿐 실제적으로는 존재하지 않는다고도 한다. 하지만 시간은 감각의 세계에서는 극히 개별적이고 변별적이다.

시간이 시각이나 미각 같은 감각인 세계에서 한 가지 일은 빨리 일어날 수도 느리게 일어날 수도 있고, 흐릿할 수도 강렬할 수도 있으며, 짜기도 달기도 하고, 원인이 있을 수도 없을 수도 있고, 순서가 있을 수도 없을 수도 있다. 보는 사람의 경험에 따라 달라지는 것이다.(앨런 라이트맨, 『아인슈타인의 꿈』)

시간은 극히 체험적이라고 해야 할 것이다. 이 체험적인 시간이 곧 시가 될 수 있게 한다. 객관적인 시간을 주관적인 감각이 수용할 때 그 사이에는 괴리가 생긴다. 이 시간의 괴리감은 주체의 좌절과 절망을 낳는다. 따라서 시간을 시로 쓸 경우 시간 속의 좌절과 절망, 고독을 드러내기 쉽다. 이와 같은 시간의 문제를 시로 쓰려고 하는 시인이 있다.

한영채 시인은 시간의 표정과 풍경, 맛을 느낀다. 편재해 있는 시간을 보고, 시간 속의 향기를 맡고 소리를 듣는다. 그에게 시간은 흔적들이다. 보이지 않는 시간이 남긴 흔적, 상처일 수도 있고 무늬일 수도 있는 자국에서 시간의 풍경을 본다. 그 시간은 먼 선사시대로 거슬러 올라가기도 하고 자아의 감각 속에서 살아 숨쉬기도 하여 적나라한 현재로 펼쳐지기도 한다. 한영채 시인은 이러한 여러 시간 속의 흔적을 찾는다. 그리고 그 흔적 중에서 상처는 어루만지고 아름다운 것들은 보듬어 안는다. 그리고 그 시간의 새로운 영역을 확대하여 시적으로 승화시킨다. 다시 말해서 시간의 점묘에서 시작했지만 그 시간을 확장하여 궁극적으로는 인드라망에 이르게 한다. 그것은 시로써 가능하다. 그러면 다음에서 시인의 시간의 풍경을 살펴보기로 하자.

2

거실 구석 대바구니에 담긴 꽃
퇴직 날 받은 안개꽃
지나 온 시간이 안개처럼 모인, 그
일생이 통째로 담겨 있다
멈춘 시간으로 거실을 차지한 후
…(중략)…
꽃잎에 내려앉은 먼지처럼
왔다가 사라지는 사람들
햇살 내린 곳마다 입술이 마르고
꽃잎 사이 잔주름이 가득
바스락 앉았다가

지구 별에서 꽃 피웠던 삼십 년
숨찬 시간들이 일어나는

—「담채화」 일부

이 시는 서시 같은 시이다. 시집 맨 앞에서 빼밋이 얼굴 내미는 것 같은 시이다. 담채화처럼 고요하게 거실에서 시간을 견디고 있는 안개꽃, "지나 온 시간이 안개처럼 모인, 그/일생이 통째로 담겨 있"는 정지 화면이다. 시간이 눈에 보이는 것이다. 이 시는 시간을 눈으로 보고 느끼는 시인의 지난 한 시절의 점묘이다. 의식은 "왔다가 사라지는 사람들"의 기억과 숨찬 삼십 년의 기억 속에 오롯이 새겨져 있다. 퇴직 날 받은 안개꽃처럼 되돌아본다. 이런 "숨찬 시간"의 흔적과 풍경은 다양한 방향으로 나타난다. 그것은 시적 자아의 시간, 관계의 시간, 생활 주변의 시간, 우주적 시간의 풍경 등이다. 따라서 시간을 나타내는 '그'라는 말들이 시들 도처에 나타난다. 그것은 '그 사람'이 되기도 하고 '그 때'가 되기도 하고, 때론 순간으로서의 '그'이기도 하다가 우주적인 '그'가 되기도 한다. 시적 자아에게 흔적을 남긴 시간의 풍경을 찾아다니며 아팠던 기억을 단계를 따라 가다가 궁극적으로는 시적으로 승화하려는 시인의 모습이 보인다.

먼저 자아의 시간을 보자. 시인은 애정을 갖거나 손때가 묻은 것들에서 자신의 시간을 느낀다. 시간 속에 있는 자신의 모습을 본다. 공항 갤러리에 갔다가 "화병에 꽂혀 있는 지나간 시간"을 만져 보려고 하거나 거실 액자 속 스카프에서 자아의 일면을 느끼기도 한다.(「고흐를 생각하다」) 장롱을 정리하다가 낡은 서랍 깊은 곳에서 "딱정벌레 같은 속살의 조각뼈"를 보기도 하고, 자신의 각(角)이 내는 소리를 듣거나(「모서리의 말」), 거꾸로 돌린 시계바늘 속에서 "미로의 시간/빛이 들지 않는 시간"(「송현이」)의 나이테를 보기도 한다.

이러한 사건 속의 풍경에서 시적 자아는 환청을 듣고, 환각을 본다. 그것들은 현재의 나를 이루고 있는 것들이기 때문이다. 그러므로 나의 발자취를 따라, 나의 기억을 따라 난 길 속에서 만날 수 있는 것들에 대한 애착을 갖는다. 그리고 시인은 나의 비밀의 통로에서 나만의 장롱 속의 반지처럼 반짝인다. 나의 행성을 이루고 있는 것들을 느린 걸음으로 찾아다니는 모습이 선하다.

골목이 문장이 되는 어제와 오늘이 모인 고서古書들

봄비 내리고 먼지 같은 추억이 일어나는

켜켜이 쌓인 시간이 물레처럼 돌고

길거리 떡볶이를 먹던 분분한 시간들이 모여

고딕 활자는 길 위에서 나무냄새처럼 눕는다

—「골목의 문장」 일부

시적 자아는 자신의 흔적 속 헌책방에서 추억이 일어나고 시간이 물레처럼 돌고, 떡볶이를 먹던 시간 속에서 자신을 본다. 그러므로 시인은 지구별에서의 한 흔적들을 애잔한 마음으로 찾는다. 불가에서 현재의 시간은 존재하지 않는다. 불가에서는 과거나 미래, 혹은 현재까지도 우리의 환각으로 만들어진 것에 불과하다고 한다. 그렇기는 해도 시적 자아는 그것들이 단순한 아픔이 아니라 별처럼 반짝이는 흔적이기를 원하다. 그래서 시인은 그 시간 속의 자국들이 새롭게 환생하기를 바란다. 그 흔적들이 시가 되고 반짝이는 꽃이 되기를 바란다. 그래서 시들의 끝부분이나 군데군데에서 은유의 시간을 배치한다.

자아의 시간에서 더 넓게 더 확대하여 나타나는 시간이 생활 속 추억의 시간이다. 그때 그 시절로 플래시백하면 나타나는 나의 발자취들에서 들리기도 하고 보이기도 하는 시간들이 그것이다. 시인들, 화가, 계란 장수, 언양시장, 석류나무 집, 서사마을, 노부부, 사과장수 늙은 총각 들이 나타난다. 그리고 그 흔적들을 은유로 보듬는다.

황금동 언니가 계란을 판다 휘어진 허리 달포마을 떠나 온 사철나무 같다 이사 온 후 공원에서 제당 내력을 팽팽하게 당기고 있는 사철나무, 금호강 넘어 열사병으로 죽었다는 소문이 편서풍으로 들렸다 계란찜 계란말이 계란구이를 새끼줄로 묶었던 모퉁이 쪽방

—「황금 계란」 일부

언양시장, 제일 용광로 불기둥 솟는다 망치소리 후끈한 마당 귀퉁이 수십 면 땐땐한 하루를 고집한다

—「풀무의 고집」 일부

언양 대대리 127, 소문난 맛집
낡은 대문을 지키는 석류나무 맛집

—「석류나무 집」 일부

골목마다 계엄령에 깔려 숨죽이고
걸음을 옮길 때마다
낯선 그림자가 따라 다녔다는 그,

—「계절도 꿈을 꾼다-J형에게」 일부

골짜기 사과 농사를 한다는 늙수레한 총각, 거친 손을 내밀던 그가 사철 농사를 팔러 다닌다 봄부터 가을까지 제철 과일로 골목을 누빈다 겨울에는 주구장창 청송 부사만 가지고 다니는, 일주일에 한 번은 온다

—「사과 값」 일부

과거 어느 때 만났거나 추억 속에 도사리고 있는 사람들의 사연들이다. 추억 속의 사연들이기 때문에 사설적이다. 시 속에 이야기가 들어 있다. 그 때 그 시절 속 희부윰하게 얼비치는 사람들을 이야기와 함께 끌어들이고 있다. 따라서 이러한 은유의 시간에는 산문시가 많다. 그만큼 추억을 추억 자체로 드러내고 싶은 때문이 아닐까 싶다. 행갈이를 했다 하더라도 사설이 강하게 느껴진다. 아련하게 떠오르는 시간 속에서 맑고 구수한 풍경이 은유로 다가오는 것들을 통해서 시인은 미소를 머금게 하는 행복을 맛본다.

이와 같은 추억 속의 은유에서 관계의 시간으로 나아간다. 이 관계의 시간 속에는 친족들의 사연들, 그들과의 관계에서 일어났던 흔적들을 찾는다. 「끈」 연작을 비롯하여 주로 4부에 집중적으로 배치되어 있는 관계 속에는 아버지, 할아버지, 오빠, 조카 등과의 관계가 시적으로 승화되고 있다. 그런데 유독 아버지에 대한 기억이 많다.

오봉산의 오후가 노랗다
산수유 골짜기 따라가면 진달래가 보이고
그 길 끝에 아버지 계신다

—「아버지의 봄꽃」 일부

아버지는 눈을 감고 아들을 입속으로 부르고
옆에 탄 아들은 허공으로
아버지, 외치며
차가운 바닥으로
동백꽃이 툭 떨어진다

—「끈 · 1」 일부

검은 시간의 장, 넘기다가
고문서 앞에서 아버지를 만난다

—「거풍」 일부

평원을 넘은 아버지 언 강 건너 동쪽에 닿는다

아버지의 아버지는 붉은 관복을 버리고 단석산 바라보며 산수화로 병풍 친 옥산 아래 소쿠리 터 가부좌로 눌러 앉는다

—「바람의 내력」 일부

어머니나 남편, 아이들과 관련한 시들이 거의 보이지 않는 반면 아버지와 관련한 시들은 많다. 왜일까. 프로이트의 콤플렉스 때문이라고 말하기에는 모자란 느낌이다. 할아버지를 얘기하고, 오빠를 얘기하고 조카를 얘기하는 걸 봐서는 연대기로서의 아버지일 가능성이 높다. 아버지는 세속적 연대기 속 가장 중요한 흔적들의 중심에 있기 때문이다. 그에 반해 어머니는 은유의 시간으로 보듬는 큰어머니로서의 우주적 상상력 속에 있기 때문이다. 다시 말하면 큰어머니인 대지를 상정하고 있기 때문에 굳이 세속적 어머니만을 얘기할 수 없는 것이다.

삶이 시詩처럼
시詩가 바로 삶인 것처럼
오봉산으로 할아버지, 아버지, 오빠, 삼대 가시고

산소를 지나자 말씀 내리신다
눈을 뜨고 감는 일이
생生인 듯 사死인 듯
끈,
살아 있다.

—「끈 · 3」 일부

아버지는 개인사에서는 연대기의 중심에 있다. 아버지를 통해서 할아버지, 아들, 손자로 이어지는 삶의 연대기가 만들어진다. 이러한 연대기 속에서 아버지는 삶의 연대기의 상징이다. 아버지는 할아버지로 이어지고, 아들로, 손자로 이어진다. 이러한 삶의 연대기로서의 아버지는 시간의 상징이 된다, 세속적 시간은 아버지를 통해서 감각적으로 다가온다. 앨범 속에서 오롯하게 앉아 있는 가족의 연대기가 "오래된 풍경"으로 "다시 붐빈다"(「빈집 · 3」)는 시간의 경계에서 시인은 그때, 그 시절을 느낀다.

이런 관계의 시간에서 시인은 시간의 뿌리에 다가간다. 신화가 있는 곳, 공룡이 금방이라도 나올 것 같은 곳, 고분지대, 암각화를 찾아 시간의 뿌리에서 울려오는 은유의 소리를 듣는다. "선사의 기호들"(「석화」)이 아직도 살아 꿈틀거리는 걸 본다. 시인은 뿌리가 깊은 시간 속에서 아직도 꿈틀거리는 생생한 감각을 체험한다. 그것은 신비이다.

시간을 통째로 먹은 거대한 뿌리들
핏빛 이끼들 모여
가던 길을 멈추고 바윗돌에 기댄다

—「앙코르왓 광장에서」 일부

신화로부터 멀리 와 버린
여기,
어디쯤인가

—「신화마을」 일부

켜켜이 쌓은 시간의 무게
봉분과 봉분 사이 개망초 가득한 늦는 봄 금척리

—「금척리 고분」 일부

강 건너, 잡힐 듯 잡히지 않는
각질 분분한 선사의 서書

—「암각화」 일부

먼 시간에 감각의 빨대를 꽂기 위하여 울음으로 울림통을 만들고(「앙코르왓 광장에서」), 벽화에서 나오는 아이들의 소리를 듣는다.(「신화마을」) 뿐만 아니라 장천사지에서는 "천 년을 빗은 문양"을 보고, 거문고 소리를 듣는다.(「금천」) 시간의 뿌리에서는 신비감을 느낀다. 자아의 시간이나 관계의 시간 들이 상처로 얼룩져 있는 데 반해 원초적인 시간으로서의 시간의 뿌리는 환상에 젖게 한다. 여기에서는 모든 사물이나 장소, 시간의 경계가 모호해지고 "시작과 끝은 한통속"(「나의 아그리파」)이 된다. 여기에 시의 행성이 나타난다. 시의 행성은 은유로 소통되는 우주이다. 이 상징과 은유의 세계는 치유와 승화의 세계로 나아가는 통로이다. 거기에서 시인은 "저 우주의 몸짓"을 본다.(「고요가 풍경이다」)

3

『신화마을』은 치유의 시집이며, 승화의 시집이다. 시간 속에 있는 두두물물(頭頭物物)은 죽을 수밖에 없는 운명의 존재이다. 지구별에서 시간은 모든 생명체를 티끌처럼 흩어버린다. 이런 허무한 존재로서의 인간은 시간의 모래알처럼 흘러내려버린다. 이러한 시간 속의 존재를 치유하고 승화시켜 주는 것이 곧 상징이며 은유이다.

> 고습도치마을에서 시가 있는 아침을 맞는다
> 돌아온 우주 가나다라마바사 언어가 옹송일 때
> 꽃물처럼 물든 아름다운 송곳이
> 심장 깊이 파고든다
>
> —「송곳」 일부

시가 꽃 피는 우주에서는 언어가 꽃물처럼 번지고 새들이 다가오고 언제든지 봄이 오고 푸른빛이 피어난다. 시들 곳곳에 나타나는 꽃이라는 말이나 봄, 새, 푸름이라는 단어는 단순히 자연을 상징하는 말이라기보다 치유이며 승화로서의 시적 우주라고 할 수 있다. 시적 우주에서는 인드라망을 꿈꾸는 데에서 출발한다. 여기에서 시간은 무화되고 시적 자아는 대지의 노래를 부른다.

제주도와 우도 사이를 다녀온 후

꼬물꼬물 움튼 새싹 같은 도도가 우리 집에 왔다

개나리, 벚꽃, 목련이 필 무렵

도도의 우렁찬 울음소리 봄꽃으로 온 우주

우주를 막 들어 올린 울림이다

—「김 도도」 전문

이 우주는 시인이 발명한 우주이며, 시의 세계로 꾸민 우주이다. 이 우주에서는 모든 시간을 원융(圓融)하게 만든다. 이제 시간은 아픔을 만들어내고 풍화시키는 요소가 아니라 공간으로 대체된다. 이 우주는 나무가 있고 강물이 흐르고 새가 울며 항상 봄이다.

청도 가는 길 황소바람이 언어를 날린다
언어가 살찌는 푸른 도都

—「청도」

언어가 푸르게 살찌는 세계에서 시적 자아는 상처를 치유하고 새로운 시간으로 태어난다. 시의 편편에서 보이는 은유의 세계는 시간 속에서의 상처나 유한성을 우주의 무한성이나 회귀로 나아가게 한다. 따라서 시들은 은유적인 표현을 도처에 갖고 있다. 나무와 강과 바다와 풀밭을 끌어들여 아픔을 감싼다. 그때 은유는 필연적이다.

> 아들 사고 이후 멈춰 버린 시간, 허릴 더 구부려야 푸르게 자란다 기역자로 접힌 허리, 꽃대를 세우는 푸른 읍성邑城에 갇힌 할머니, 손아귀에 미나리향이 오른다
>
> —「푸른 성城」 일부

아픔은 언어를 만나 승화되고 치유된다. 그래서 많은 시들에서 앞부분에서 시간이 엮어내는 아픔을 말하고 있다면 뒷부분에서는 그 아픔을 시의 이미지를 통해 승화시킨다. 혹은 통째로 대자연인 어머니의 아름다움을 표현하는 경우도 있다.

아버지 봄꽃으로 와
홀로 계신다

늙은 감나무 한 그루 오월 새순을 달고 이파리 뾰족 내민다

—「빈집 · 5」 일부

우듬지 나목에도
골짜기 모퉁이로 피어오르는
불가의 향기 깊고 푸르다

—「와촌 가는 길」 일부

어디에서나 찾을 수 있는 이 푸름과 봄, 꽃의 언어는 유한한 삶을 시의 우주로 승화시킨다. 그래서 시인은 태화강변의 풍경 속으로 들기도 하고 고목에서 싹이 돋는 걸 보기도 하고 희망과 재생의 푸른 싹을 바라보며 기운을 내기도 한다. 새소리, 물소리 속에서 푸른 언어를 발견하고 그 언어의 울림통에서 꽃이 피는 걸 본다. 시는 세속적 시간의 세계에서 시작했지만 시간 너머의 세계로 나아가는 변용과 승화가 있다. 시간은 멈추거나 혹은 회귀되어 시는 새로운 생명의 탄생을 노래하거나 큰어머니, 대지를 찬양하는 노래로 나아간다. 그 노래는 은유의 시간을

노래하는 대지의 시라고 해야 할 것이다.

4

한영채 시인의 『신화마을』은 유한한 시간 속의 상처를 치유하는 시적 승화의 시집이다. 그것은 은유적인 시간으로의 회귀라고 할 수 있을 것이다. 시는 원초적인 시간을 노래하는 언어라고 한다면 은유는 끊임없이 자아의 시간을 다른 대상으로 대체하는 역할을 한다. 그러므로 한영채 시인에게 은유는 끌어안음이며 뛰어넘음이다. 전체가 은유로 되어 있는 것도 있기도 하고 시 한 편 속에 은유를 넣어 상처를 끌어안기도 한다. 그것이 은유의 힘이다. 은유는 정신을 고양시킨다. 환유가 의미를 무화시키는 수평적 대체라라면 은유는 수직적인 압축이며 대체인 이유가 거기에 있다. 은유는 자연과 원색을 끌어들여 분별심을 해체시킨다. 불가에서 얘기하는 모든 상(相)을 끌어안아 인간 정신을 우주적으로 만든다. 그러므로 시인은 각자(覺者)이다. 각자의 '각(覺)은 '싹트다', '봉오리지다' '깨어나다' 라는 뜻이다. 게리 스나이더는 동아시아의 선불교가 자연의 사랑을 상징한다고 한다. 시인은 번민의 세계에서 스스로 깨어난 사람, 싹 틔우는 사람일 것이다. 한영채 시인 역시 세속적 시간 속 아픔을 은유의 큰어머니 속으로 감싸는 치유의 시를 쓰고 있는 것이다. 그것이 한영채 시인의 우주의 은유이다.

시와소금 시인선 046
신화마을

1판 1쇄 발행 2016년 07월 20일

지은이 | 한영채
펴낸이 | 임세한
디자인 | 유재미 정지은

펴낸곳 | 시와소금
등록번호 | 제424호
등록일자 | 2014년 1월 28일
발행 | 강원 춘천시 충혼길20번길 4, 1층 (우24436)
편집 | 서울 송파구 백제고분로45길 15, 302호(홍주빌딩)
전화 | (02)766-1195, 010-5211-1195
이메일 | sisogum@hanmail.net

ISBN 979-11-86550-17-2 03810

※ 이 책의 국립중앙도서관 출판도서목록(CIP)은 서지정보유통지원시스템
홈페이지(http://seoji.nl.go.kr)와 국가자료공동목록시스템
(http:// www.nl.go.kr/kolisnet)에서 이용하실 수 있습니다.

• 이 시집은 울산광역시, 한국문화예술위원회의 문화예술진흥기금으로 제작되었습니다.